A VIDA NAQUELA HORA

A VIDA NAQUELA HORA

João Anzanello Carrascoza

editora scipione

ENTRE DUAS MARGENS

Fernando Paixão

Um menino que descobre com o tio o mundo dos cavalos e da fazenda. Um pai que leva o filho para assistir com os amigos a um jogo da Copa do Mundo. Ou uma família que arruma a casa nova, para onde acabou de se mudar. É a partir de situações assim, possíveis de ocorrer a qualquer um, que se articulam as histórias reunidas em *A vida naquela hora*.

Pode acontecer de os acontecimentos serem inusitados, provocando ação e um enredo inesperado. Mas raramente é assim. No mais das vezes, o importante está no modo como os personagens se relacionam, quase sempre de maneira sutil e indireta, entrecortada de silêncios. Como no caso da menina que viaja de trem com a mãe para ver a avó doente; ela não sabe bem o que está acontecendo...

O que nos leva a considerar que a escrita de João Anzanello Carrascoza se mantém atenta a uma dupla visão — e essa é sua maior riqueza como escritor. Sabe como contar os fatos ou descrever os gestos e as falas, mas ao mesmo tempo sugere os pensamentos e reações íntimas que despertam.

De tal modo que estas narrativas apresentam o chamado lado "de fora", envolvendo os grandes e pequenos acontecimentos, mas com especial interesse também captam o que se passa com o lado "de dentro" das pessoas. Ângulos diferentes da realidade e que se complementam — como as duas faces de uma moeda.

E, como neste livro temos muitas crianças protagonistas, durante a leitura entramos em contato com o universo da infância e suas inquietações próprias. As histórias ganham interesse porque revelam situações de transformação íntima. Personagens que não compreendem os adultos e mudam sua visão de mundo porque entram em contato (sensível) com vivências novas.

A mesma sensibilidade é vivenciada pelo leitor, quando se deixa envolver pelo texto: será levado a ler os contos a partir de seus fatos externos, mas igualmente atento às repercussões subjetivas em jogo. Sutileza que só a boa literatura consegue captar, principalmente quando se refere às primeiras experiências do crescimento.

Carrascoza sabe como nos despertar para essa compreensão silenciosa da vida. A qualquer hora que mereça ser contada.

Fernando Paixão é poeta e professor do Instituto de Estudos Brasileiros da USP.

Sumário

TANGO

Ainda estava escuro quando a mãe o acordou. Deitara-se mais cedo do que em outras noites, ansioso para que amanhecesse logo: ia com o tio à fazenda. Mas quando ela o chamou, *Acorda, filho*, ainda não havia sol, era dia apenas dentro dele, onde pulsavam o desejo e o medo da estrada.

O tio, já vestido, bebericava à mesa o café, a sorrir-se, em minutos se poria a caminho, de retorno a suas terras, o olhar gordo de sono, o do menino faminto de interesse, e se tardaria para o dia clarear, a promessa de revelações raiava no silêncio da casa. A mãe, com doçura, disse, *Vê se não dá trabalho pra tua tia*, o pai a enfiar-lhe uns dinheiros no bolso, *Respeita teu tio*, e beijos, e, *Vamos, vamos, toma teu leite*, e, *Pronto, pega aqui a tua mochila*, e, *Não se esqueça de escovar os dentes*, e, *Leva essa revista pra te distrair*, e, já na caminhonete, o menino a ver a casa se afastando, como uma margem, ele em direção à outra, tão distante — a fazenda.

Saíram da cidade ruidosos, o motor fraturando a quietude das ruas úmidas de noite, as luzes dos postes acesas, o palor do horizonte, a mãe e o pai acenando, faces mal definidas na penumbra, o menino, preso ao cinto de segurança, à esperança e ao espanto de enfrentar o novo, a mão também a dar adeus para os dois e para si mesmo, que ali se deixava. Afastaram-se, o menino a ouvir a respiração do tio, mas só consigo, vencendo os primeiros metros da estrada, sem perceber que crescia, crescia, crescia, a felicidade falando tanto que ele ia mudo, pensando no já-lá, com os primos, cercado de campos e céus.

E, então, as coisas se entregaram a seus olhos, assustados de muito ver: o verde de variados tons, o mais escuro das lavouras de café substituído pelo claro dos canaviais; os bois imóveis, além das cercas, nas pastagens ralas; as cidadezinhas empoeiradas; os pedágios, os postos policiais, os caminhões; e, de novo, o verde, os bois, as cidadezinhas, os pedágios, os postos policiais, o sono, o sono, o sono, era tudo um muito ver que, de repente, ele não podia mais, ele a desver, o pensamento a saltar de sonho em sonho.

Estamos chegando, o tio disse, despertando-o. Passava veloz o tempo das coisas novas, um poeirão subindo, a caminhonete a solavancar lá e cá, na estrada de terra, a montanha avultando e, depois dela, o tio apontou, *Ali começa a Santa Generosa*, a fazenda a fazer-se à sua frente, e ele grudado ao visco daquela realidade: o milharal, a casinha com alpendre, a cachorrada a mordiscar seus calcanhares, os primos sorridentes, a tia, *Que bom que você veio!*, e já um abraço, e o menino atônito, tanta gente ao seu redor, festiva, irradiando interesse por ele.

Súbito, os adultos foram para o fundo da casa, falantes, a cuidar lá dos seus assuntos, *Fizeram boa viagem?*; *Fizemos*; *Que bom!*; *E como andam as coisas aqui?*; *Tudo em ordem*; *Me ajuda com estas malas*; *Agora vou terminar o almoço*, e, depois de uns olhares desconfiados, desses que as crianças se medem sem malícia, só a surpresa de descobrirem que existem outras iguais-distintas a elas, já o menino se entregou aos primos, seguindo-os pelo mato adentro. Admirou-se com a fofura da terra em que pisava e o azul grandioso do céu, a se curvar num encontro lá longe com as plantações de soja, amendoim, sorgo, cana-de-açúcar. As galinhas ciscacarejavam, os bandos de anuns voavam sobre sua cabeça, a horta vicejando verduras, o córrego atravessando a morraria e se indo em direção a outras lonjuras, umas flores belas que depois a tia disse se chamavam bocas-de-leão, o tratorzinho a se enfiar pelas veredas, o terreiro onde jogaram bola, a vaca com seu bezerro malhado, um sem-fim de novidades, e também os cavalos.

Ah, os cavalos, os cavalos inquietos no piquete, exibindo-se em curtos galopes. Os primos perceberam-lhe o assombro e, espertos, laçaram um alazão, enfiaram-lhe o cabresto, o maior já sobre o bicho em pelo, a mostrar sua perícia, o menor a se rir, contente, vendo o irmão conduzir o cavalo, para depois oferecer as rédeas ao visitante, *Sobe, ele é mansinho*, e o menor, *Sobe, até eu ando nele*, e o menino fremiu, assim como o animal ao sentir o desconhecido se acercando para montá-lo. E o menino, lá no alto, as pernas pequenas, coladas ao corpo do alazão, sentindo a vida latejando nele, quando um dos primos instigou o cavalo, *Eia, Valente*, e aí ele se viu, de repente, a levitar — até parecia, desde sempre, um cavaleiro...

Depois, apeou. Os primos queriam lhe mostrar os outros cavalos, *Aquele branco é o Algodão, a égua tordilha se chama Camponesa, a rajada, Boneca, aquele é o Cinzento*, e então o menino estacou quando viu o mais vistoso deles, imenso com suas ancas negras, *E aquele é o Tango!* O menino desviu tudo para ver o Tango, e tanto foi seu olhar inteiro, que os primos perceberam, e o maior, *Nesse ninguém anda, é bravo*, e o menor, *O pai ainda vai amansar ele*, e disseram que era cavalo de raça, de sangue nobre, bastava mirar os outros e ver que eram miúdos, se comparados com Tango. E, mais, que o menino ouviu com gosto: todos que haviam tentado subir nele tinham caído. Ninguém era capaz de resistir aos seus coices e pinotes.

Noutro dia, o canto dos galos, o aroma encorpado do café, no ar as invisíveis magias do campo, na memória as belezas que ontem o menino vira com os primos, e já se espertava para revê-las. Mal bebeu o leite e comeu o pão de milho, correu para se ofertar às coisas, e, entre elas, a sua predileta — o cavalo Tango, o dorso negro a reluzir.

Quando o menino deu por si, estava ali havia dias, sendo outro, maior, não de ser medido, mas de se notar em seus sorrisos, em seus cabelos empoeirados, em suas roupas imundas, em seus olhos cheios de plantações; tanto que o tio comentou, *Quem diria, você parece um tatu*, e a tia, *Quase o confundi com um dos meus...*

O menino já sabia ver nos ramos das árvores os pássaros, que antes só escutava cantar, voejando daqui para lá. No meio da folhagem verde, podia distinguir o verde de outro matiz a se mover, volumoso, *Um bando de papagaios.* Entre as flores do ipê-amarelo, um vulto de quase-nada cinza, *Um coleirinho*, ele até teimara com o primo maior, que dissera ser um tuim, *Não, é um coleirinho, olha a cabecinha dele*, e o pássaro, como se quisesse lhe dar razão, voou para outra árvore, pousou num galho, fácil de comprovar, *Tá vendo, não falei?* E, assim, o menino via outras vivas verdades: a tangerina madura, única, oculta entre um cacho de muitas outras, verdes; o marreco sanhudo, branco como os demais, até a tia às vezes se enganava; as diferentes touceiras de capim e seus nomes; a pedra boa para o estilingue no meio de mil outras do cascalho; o relincho dele, Tango, pairando acima dos variados ruídos da fazenda.

Imaginou que aquilo lhe bastava, tanto que se esqueceu do pai e da mãe, da cidade de onde viera. Queria mais. E, de súbito, obteve: o primo menor veio com a informação, *O pai vai subir hoje no Tango*, o maior, *Você já viu como se amansa cavalo?*, e o menino, *Não*, mas a alma completa de sim, de quero-ver, e uma certeza que lhe doía feliz, como vaticínio: o cavalo vitorioso, o tio a dar no chão, um tombo de todos rirem. Depois, nem pensou mais, porque era a hora real, já ele com as pernas enfiadas entre as tábuas do estábulo, apto para o espetáculo, e lá no fundo, brilhoso, enorme, o cavalo Tango. Primeiro, dois peões tentaram domá-lo, cansando-o, para que o tio o pegasse exausto, mas um e outro se estatelaram no barro, as caras sujas de derrota. Um deles tentou novamente, Tango pateou, empinou, escoiceou, devolveu-o ao chão e galopou, digno, para longe...

Foi a vez do tio. Veio com roupa de couro, dizendo aos peões, *Vocês não são de nada*, e provocou, *Agora esse bicho vai ver*, e os filhos o aplaudiram, e o menino sentiu um sobressalto, desses que revelam a verdade, até então escondida, e que, diante dela, excita e ao mesmo tempo amedronta. O silêncio se guardou nos nadas aéreos do campo, como se pássaros e folhagens soubessem que era hora de algo acontecer, a alma do menino inflava, ele, feito uma raiz, preso ao tronco daquela cena, que todas as outras, desde a primeira, eram rios a desaguar só nessa: o tio sobre o Tango, desafiante, a espora luzindo na bota, a coragem vazando de seus gestos, *Eia, eia*, e o cavalo a corcovear, impetuoso, como se soubesse que o rival era de valia, e pinoteou e escoiceou e relinchou e, num golpe, atirou-o ao chão. O menino sorriu por dentro, quietamente.

Voltou a cultivar as coisas da fazenda, uma por uma, que a vida entre o pasto e a lavoura, o pomar e a casa da sede, a colônia e o estábulo, a ele se oferecia como flor ao beija-flor. No fluir dos dias, ficou com os primos a fazer o de sempre, que, no entanto, lhe passava variado: a pescaria no açude, a tia a cozinhar em grandes tachos, as trilhas de formigas, a brincadeira já íntima com os cachorros, o sabor das frutas provadas no pé, a caça aos vaga-lumes pulsando suas luzinhas ao entardecer.

Então, numa noite de lua linda, veio a notícia: o tio, antes de dormir, disse, *Amanhã, vamos à cidade de charrete*, e a tia o apoiou e sorriu para o menino, *Assim você faz um passeio diferente,* e os primos, eufóricos, gostavam dessas viagens raras, o pai lhes dava as rédeas, primeiro o maior, depois o menor, na ida aquele, na volta esse.

E foi a manhã, toda de sol, esticar-se sobre o horizonte, preguiçosa, para que eles saltassem da cama, tomassem logo o café e saíssem. Um peão os esperava com a charrete ao lado do alpendre. O menino se interessou pelo veículo, o primo maior exibiu seus conhecimentos, *Ali é a boleia, aqueles dois paus são os varais, aqui o freio.*

Todos acomodados, o tio tomou das rédeas, atiçou o cavalo com elas, *Vamos!*, e a charrete se moveu com um sacolejo, a fazenda, tão generosa, a sair do pensamento do menino e a entrar a cidade. Como seria? Tão diferente devia ser da sua cidade. Estava assim, içado a essa emoção, quando percebeu o esforço do cavalo: quase não se via o animal, na sua inteireza, o dorso coberto pela cilha, até os olhos iam tapados com as viseiras, as patas cravadas com ferraduras, o suor já a brilhar no pelo negro. O pelo negro. O menino estremeceu. De repente, o coração numa fronteira, e os olhos, grudados às ancas do cavalo, descobrindo o que ele não queria. A voz do tio tirou o seu último grão de esperança, *Eia, Tango!*

O menino desviou o olhar do céu e ficou a ver a poeira que subia do patear do cavalo. Um desejo dolorido de voltar para casa. Não pensava na mãe nem no pai. Só no menino que lá deixara. O menino que ele nunca mais seria.

PONTO COLORIDO

Para o menino, aquele foi o dia. Despertara, como sempre, aos poucos — a vida vinha devagar no tempo espesso da infância — reconhecendo um a um os objetos de seu quarto, pequeno, tanto quanto ele, a gravura do anjo na parede à sua frente, a cômoda sobre a qual ainda dormiam os seus brinquedos, o rodapé do corredor já riscado pela claridade do sol — o mundo a se acender, para além da porta aberta. Dali, ouvia o canto dos pássaros lá fora, o chiado do gás no fogão a aquecer a água para o café, a conversa das panelas que se tocavam por um gesto distraído da mãe, a voz dela acariciando o cachorro antes de seus dedos percorrerem o pelo suave do animal.

O dia seria comum, se não fosse sábado, e na noite anterior, depois do jantar, o pai não tivesse dito, *Amanhã vamos à casa do Adib*, e ele não reclamou, apenas lhe deu um beijo de boa-noite e seguiu para o quarto, pisando na própria sombra. Sabia que não adiantava protestar, era uma ordem. Nada podia fazer senão aceitar o fato, como aceitava a chuva, o frio, a sua própria condição de menino.

Gostava de passear com o pai, de acompanhá-lo nos negócios, de vê-lo sair de seu silêncio e se desdobrar em palavras que, vagarosamente, se lavavam de tudo que havia nelas de palavras e, enlevando-se, umas atrás das outras, mais pareciam um canto. E, talvez por não entender a língua do Adib, o menino sempre sentia pedras na sua voz, parecia que o árabe brigava, todas as vezes, com seu pai, e invariavelmente o vencia.

Por isso acordara daquele jeito, feliz porque passaria umas horas com o pai — os dois mal se viam durante a semana, embora estivessem um dentro do outro, como a fruta e o caroço —, mas triste pelo lugar aonde iriam.

Levantou-se, vestiu-se e foi à cozinha, onde a mãe o recebeu com um abraço quente, como o leite que ela acabara de ferver, e perguntou, *Cadê o pai?*, e ela respondeu, *Foi no armazém! Por quê?*, e ele, *Por nada*, e ela, *Logo ele volta... Vocês vão sair, não é?*, e ele, *Vamos*, e ela, *O que foi? Está desanimado?*, e ele, *Mais ou menos*, e ela, *Seu pai adora quando vocês saem juntos!*, e o menino, *Eu também*, e ela, *O que foi, então?*, e ele, *Nada*, e ela, *Nada mesmo?*, e ele, *Nada*, e ela, *Vamos, coma o seu pão!*, e ele, como se saindo da casca de um sonho que continua noutro, passou manteiga no pão e o comeu, em pequenas mordidas, mirando o quintal ensolarado, à procura do muro, pelo qual, com um salto, poderia atingir outra realidade.

Nem imaginava que aquele seria o dia. Assim, começara a vivê-lo à sua maneira, sem desconfiar de nada; nele as medidas vigoravam exatas, e isso valia tanto para a sua altura quanto para o tamanho da compreensão que tinha de sua existência — e da existência dos outros.

Depois, foi brincar com o cachorro, que, se pulava às vezes em seus joelhos, latindo, as patas sujas de terra, agora movia o rabo silenciosamente, como se sentisse também que o momento lhe era injusto e se contentasse em estar ali, recebendo a atenção do menino. Mas, de repente, o estrondo de um foguete espoucou ao longe. E depois outro. E mais outro. O cachorro fugiu, amedrontado, e foi se esconder na sua casinha. *Será que vai ter festa na cidade?*

O menino voltou ao seu quarto, a mãe já abrira a janela e terminava a arrumação da cama, cantando baixinho, satisfeita por reorganizar os objetos naquele espaço. Ele escolheu alguns de seus carrinhos e foi para a varanda, uma parte de si solta na brincadeira, a outra atenta ao portão por onde o pai chegaria.

Mas o pai só chegou uma hora mais tarde e foi direto falar com a mãe. *Não precisa fazer almoço pra nós,* disse. Ela estranhou, *Por quê?*, e ele, *Vamos assistir o jogo do Brasil no Adib,* e ela, *Vocês vão comer por lá?*, e ele, *Sim, vai ter lanche!*

Depois de trocar de roupa, o pai, finalmente, o chamou, *Vamos, filho!* E aí, sim, os dois seguiram, a pé, para a casa do árabe.

O menino sabia que a Copa do Mundo tinha

começado e a seleção brasileira iria estrear um dia desses, mas ainda não amava aquele esporte como o pai, que tantas vezes, o ouvido colado no rádio, gritava, praguejava e, subitamente, saltava, eufórico, comemorando um gol do Corinthians. Para o menino, Pelé, Tostão e Rivelino eram palavras desconhecidas, assim como muitas pronunciadas pelo árabe. Estava cheio de perguntas, e, antes mesmo de fazê-las, o pai, lendo-as no silêncio que dele vazava, foi respondendo uma a uma, *É o primeiro jogo do Brasil na Copa, contra a Tchecoslováquia; Vai ser uma partida dura; O Adib convidou a gente pra assistir na casa dele*, e, assim, continuaram a andar, lado a lado, um homem e seu filho.

Outros foguetes espoucaram lá adiante, esfumaçando o céu. Uns carros passaram pela rua, velozmente, buzinando. Na caçamba de um *jeep*, jovens agitavam bandeiras verde-amarelas, e um deles, vestido com a camisa da seleção, ao passar pelos dois, gritou, *Brasiiiiiil!* O pai sorriu e acenou, e o menino, vendo-o alegre, o imitou. O menino começava a entender: aquela movimentação só podia ser prenúncio de uma coisa grande — embora a coisa grande, de se notar mesmo, era o que ele estava vivendo (e nem sabia).

A inquietação que o incomodava se encolhera, como um fole, mas a lembrança das palavras pontiagudas do árabe a inflava de novo. Por que o pai não ouvia o jogo em casa, em seu radinho de pilha? Por que preferia ir à casa do Adib, com quem sempre discutia na hora de fechar negócios? O menino queria respostas, atravessar com elas a névoa de seu pensamento, e, como o pai se distraía com a agitação nas ruas, só restava segui-lo, resignado.

Cruzaram a praça, contornaram o coreto e rumaram para a igreja, atrás da qual serpenteava a ruazinha que conduzia à casa do Adib. O foguetório aumentou e, mesmo sem associá-lo à entrada da seleção brasileira em campo, o menino sentia no ar uma satisfação futura, que não era ainda sua nem dos demais — mas logo o seria! —, sem se dar conta de que farejava o fato no seu nascedouro.

Vamos, rápido!, o pai o alertou, *Senão a gente perde o começo do jogo*, e apressou o passo, rebocando-o, enquanto ouviam, irrompendo das casas, os primeiros versos do hino nacional.

O menino nem escutou a continuação do hino que os convidados, na sala do árabe, cantavam, a mão direita sobre o coração, *Nossos bosques têm mais vida, Nossa vida no teu seio mais amores*. Ao entrar com o pai, sentiu-se, inesperadamente, num território novo, em que o som, mesmo em alto volume, era apenas um sussurro, os rumores da vida chegavam abafados, e ele era só olhos, surpreso com o que via: acima da mesinha, ao fundo, uma tevê em cores sugava a atenção de todos. Estremeceu. Era a sua primeira vez diante daquele universo colorido.

Gostava de assistir à novela com a mãe, ao longo da semana, na televisão em preto e branco da Dona Rosa. Aos domingos, a vizinha também o deixava ver uns filmes antigos de *O Gordo e o Magro*. Mas o que ele via agora era o azul e o amarelo vivos no uniforme dos jogadores brasileiros, o verde vicejante da grama do estádio, o branco da bola que se movia de lá para cá. Era um mundo que nascia à sua frente e se mostrava inteiro, diferente do mundo-mundo dos outros dias, no seu mistério. Era um mundo admirável que ele descobria de uma só vez, apalpando-o, devagarzinho, com o seu olhar. Um mundo no qual podia ver, como se curado de sua miopia cotidiana, as cores vibrando em tudo. Via além de seu ver normal, automático; via, com espanto, o coração transparente das coisas fabricando suas vidas, erguendo-as de pé, para que fossem o que eram, sem se cansar de ser, coisas. Imóvel, ele mal respirava, com medo de que, sorvendo o ar com força, alertasse a realidade de sua presença, e a realidade, em resposta à sua descoberta, o punisse, interrompendo aquela suspensão no tempo.

A sala estava cheia, os sofás ocupados por gente desconhecida, e igualmente atônita com a novidade — era um acontecimento dentro de outro, o jogo e a televisão —, até sobre o tapete havia pessoas esparramadas, e no centro, ao lado do aparelho, em sua poltrona reclinável, o árabe sorria, satisfeito, a observar, às furtivas, a face extasiada de cada um a quem proporcionava tal experiência.

Alguém trouxe duas cadeiras, o menino nem notou se fora a empregada, que, sempre que ele ia ali com o pai, via limpando a sala ou preparando esfirras e quibes na cozinha. Sentou-se, maquinalmente, atento mais para o milagre das imagens que pulsavam multicoloridas na tevê do que para o seu significado — os jogadores dos dois times correndo de um lado a outro, a bola planando no ar como uma pomba. Igual ao jogo, recém-começado, ele vivia o início de seu fascínio; não fazia ainda a leitura das cenas, apenas as soletrava, alfabetizando-se, aos poucos, naquela nova linguagem.

Não entristeceu quando a Tchecoslováquia abriu o placar e uma onda de resmungos se derramou pela sala.

Nem gritou, enlouquecido, como os demais, quando em seguida o Brasil empatou com um gol de Rivelino. Tampouco comeu os salgadinhos que serviram no intervalo, alheio às apostas e ao zum-zum-zum dos torcedores, o olhar cimentado nas imagens que fluíam da tevê. Festejou, claro — mas não tanto quanto o árabe, cujas palavras, milagrosamente, ele começou a entender —, quando, no segundo tempo, Pelé desempatou, e Jairzinho marcou o terceiro e o quarto gols.

Sentado à direita do pai, que, alegre, pousava a mão em sua coxa, o menino estava para além de si mesmo, como se reconhecesse a arquitetura de seu destino. Ria por dentro, imaginando quem, lá no fundo do aparelho, pintava com tintas tão fortes as coisas da vida. Ele era, concentrado, naquele momento, todos os seus dias, a sua existência inteira — e o que havia nela de mais bonito.

SIM

A manhã estava lá, para envelhecer neles, que tinham despertado cedo, como sempre: a mulher, a primeira da casa, depois o marido e, por último, o menino. Os três, em silêncio, iam desligando a maquinaria dos sonhos e retornavam, devagar, à realidade de suas vidas.

O cheiro de dia novo pairava no ar. Os olhos outra vez surpresos, não porque viam algo diferente — era o mesmo ver de ontem —, mas porque viam tudo exatamente igual, as paredes do quarto inalteradas, a mesma janela e sua maciça claridade. Saber que tudo seguia em ordem dava a cada um a certeza de que viveriam mais um dia, felizmente, no seu comum. Não cabia no olhar da família senão a justa paisagem, cotidiana.

A casa se espreguiçava, a porta aberta dos guarda-roupas, o aroma forte do café, o movimento de um para cá, outro para lá, e as velhas palavras, ditas agora com frescor, *Bom dia, Bom dia, Dormiu bem?, Dormi, Vamos, não se atrase, Estou indo*, as palavras a revelar ou a ocultar as coisas sabidas (e as ignoradas).

Então era o que tinha de ser, a manhã vivendo, calma, nos pais e no filho, aqueles bebendo o seu café com leite, de olho no relógio; esse a se distrair com o pão, sem sentir nos ombros o peso das horas decisivas. A mãe percebera o seu alheamento, ia chamar a atenção, mas não o fez, ciente da fugacidade do instante — que ele pudesse prolongá-lo, eram tão poucas essas levezas —, e sorriu, quando o menino ergueu a cabeça e a mirou, reconhecendo-se em seu olhar, outra vez seu filho.

Ela recolheu as louças sujas e as colocou na pia, para lavar mais tarde; algumas tarefas podiam esperar, convinha primeiro zelar por aquelas que não deviam nunca passar do ponto, e isso valia tanto para o molho da macarronada quanto para a consistência de seus desejos.

O menino foi checar a mochila, se lá estavam os cadernos e os livros do dia, e o fez às pressas, a miniatura do carro de ambulância, seu novo brinquedo, atraía-o, assim como, em dias claros, o contorno dos bichos nas nuvens — *Olha lá, filho!*, o pai apontava, e ele, maravilhado, reconhecia o cachorro, o gato, a ovelha, flutuando, alvos e fofos, no fundo azul do céu.

O homem, diante do espelho, deu o nó na gravata. Pegou o cinto e o afivelou na calça. Depois, apanhou a carteira e verificou seu conteúdo. Foi aí que a manhã, sólida de sol, ensombreceu repentinamente. Conferiu outra vez o dinheiro, nota por nota: na certa, equivocara-se nos cálculos. Assim, num só gesto, rápido, como quem sacode as migalhas de pão da toalha, a vista voltaria a ver limpamente, como antes. Mas não: faltava uma quantia. Contou de novo, buscando na memória a última compra; talvez tivesse gasto nela o valor que desaparecera. *Será?* A dúvida progredia, como um pensamento triste que, aos poucos, vai roendo a esperança.

Apesar de ser uma quantia pequena, exagerava--se nele. Não estava pronto para aquela ameaça dentro de sua própria casa. Tentou pensar em outra hipótese. Podia ter perdido o dinheiro no abrir-fechar da carteira, a nota escorregara sem que percebesse. Podia. Mas não foi isso o que aconteceera, ele sabia. Ouviu-se dizer, mentalmente, *Me roubaram*, e então o nome da mulher lhe subiu à voz, e ele a chamou, abruptamente, *Vem! Depressa!*

Ela se materializou no quarto, como se saísse de uma lâmpada maravilhosa para atender a seu amo. Mas, dada a hora e o motivo, ele precisava mais de consolo do que dos serviços de um gênio. Perguntou a ela se acaso pegara algum dinheiro seu e se esquecera de avisá-lo, embora já soubesse a resposta, *Não*. E, antes que ela perguntasse, *Por quê?*, ele lhe contou o que sucedera.

A mulher o instou a se lembrar de quando mexera na carteira pela última vez, percurso que ele já fizera, ida e volta, sem encontrar explicações para o sumiço. O fato não viera da rua bater à sua porta, era certo que se dera entre aquelas paredes.

Quem seria?

Só vinha em seu pensamento uma pessoa, a mesma que à mulher ocorria — a zelosa e fiel empregada —, mas temia pronunciar seu nome, como se assim a verdade, irrevelada, se concretizasse. Deus, tanto tempo confiando a ela o conteúdo das gavetas, as intimidades, os segredos da família...

Os dois ansiavam pelo milagre de ver a manhã fluindo normal, o dinheiro em seu lugar, a acusação esquecida. O homem suspirou e, enfim, disse, em voz baixa, *Será que foi a Maria?* A mulher respondeu o que ele mesmo responderia, se a pergunta lhe fosse feita, com as mesmas palavras, *Ela nunca pegou um centavo da gente,* e acrescentou, *A Maria jamais faria isso...*, como se soubesse os motivos que levariam a empregada a fazer isso ou aquilo, quando tantas vezes mal compreendia os seus próprios.

Então, quem foi?

Olharam-se, temerosos, pressentindo o abismo,

um já querendo salvar o outro, embora sem forças para fazê-lo. Se haviam evitado pronunciar o nome da empregada, só pensar em outro suspeito já os afligia.

Foram à sala, arrastados pela obrigação. *Filho, senta aqui um minuto*, a mãe disse. O menino, de costas, brincava com a miniatura de ambulância no tapete ao sol; sentou-se ao lado dela, obediente. Os dois quase nem tocavam o assento do sofá: bastava um sinal e se ergueriam de imediato, a mãe para o trabalho, o filho para a escola.

Ela abriu o assunto, como uma flor, devagar, assim suas palavras, medidas, saíram sem espinhos, *Filho, sumiu um dinheiro de seu pai*, e acrescentou, *Por acaso, foi você que pegou?* Como pressentia a resposta, *Não* — e foi de fato a que ele deu —, a mãe emendou, ternamente, *Se foi você, pode dizer, não tem problema*, e, mirando-o nos olhos, prometeu, *Não vai acontecer nada*, ciente de que, ao se expressar assim, ela o traía.

O brinquedo na mão revelava quem ele era, não mais que uma criança, e, até ali, o que dissera podia ser tanto verdade quanto mentira. Então o pai entrou em cena, confirmando a promessa da mãe, *A gente só quer saber quem foi*, e, o mais suave possível, perguntou, *Foi você, filho?* O menino, de novo, respondeu, *Não, não fui eu, pai!*

Desejavam que ele nada tivesse a ver com aquilo. Mas o mistério os importunava como uma farpa encravada na consciência. Era preciso avançar. E a hora pedia pressa.

A mãe, ainda meiga, disse, *É pouco dinheiro, não vai fazer falta...* O pai completou, *A gente só quer saber se foi você*. O menino respondeu, *Não*. E continuou, *Eu tenho o meu, no cofrinho...*

Sim, possuía as suas economias, eles mesmos viviam lhe dando moedas. A mãe era quem mais alimentava aquele seu cofrinho. E veio dela a ofensiva, *Você jura?*, o menino respondeu, *Juro*, e ela, *Jura por Deus?*, e ele, *Juro!*

Era a vez do pai. *Você não está mentindo pra nós, está?* O filho, *Não,* o pai, *Mesmo?*, o filho, *Mesmo!*, o pai, *Jura?*, o filho, *Juro!*

Então a mãe notou a miniatura de ambulância na mão do menino, mais um brinquedo, dos muitos que ele possuía. Só que era um brinquedo novo, ela nunca o vira antes, tinha certeza. E, já sem doçura, deixando a unha das palavras à mostra, perguntou, *E essa ambulância, quem deu pra você?* O menino respondeu, *Eu comprei*, e ela, *Com que dinheiro?*, e ele, *Com o meu, do cofrinho.*

A mulher suspirou. Na noite anterior, depois do jantar, colocara umas moedas lá, e o cofre estava cheio, pesado, inviolável. Pegara, então, uma mentira, a menor; a maior haveria de vir em seguida. O marido percebeu a descoberta e se manteve mudo. Ambos nutriam uma esperança que se recusava a crescer.

Seguiram, cavoucando a verdade com novas perguntas, diretas e pontiagudas, quase uma inquisição, e o filho — com uma coragem que não imaginavam ter, nem compreendiam de onde vinha — continuava resistindo, embora tudo nele, a cada resposta, revelasse a sua fragilidade.

Mas depois de tanto dizer, *Não, não, não,* sem ter a quem pedir socorro, o menino, finalmente, se entregou. E foi aí que o pai e a mãe compreenderam que o mais difícil ainda estava por vir. Precisavam ensinar a ele o que nem mesmo sabiam: o caminho mais curto para o *sim*.

ANA

O trem sai da estação em baixa velocidade. A partida é mansa, como se para alertar os viajantes que mirem pela última vez a gare de onde partem, os braços que acenam, os beijos a voar como borboletas, os olhos vermelhos e os lábios crispados, as gentes que vão diminuindo, diminuindo — um homem e um cachorro a sumir lá trás entre os contêineres no pátio de manobras.

É prazeroso sair do espaço estreito e cinzento da plataforma e dar nos campos abertos, apenas o silêncio da terra e o céu sobre nossas cabeças.

Dezenas de passageiros se espalham pelo expresso; alguns embarcaram agora, outros vêm de longe. Uma família se acomoda numa das mesinhas do carro-restaurante, o pai ao lado da mãe e a filha, sonolenta, seguindo para Sacramento, onde vão visitar alguém que adoeceu repentinamente. Estão aqui para o café da manhã, saíram às pressas de casa, nem haviam saciado as fomes próprias da noite, e a elas se sobrepôs a da boca. Um negro pressentimento empanturra os adultos; a menina nem acordou direito para a vida, imagine para o que lhe dá sentido, ou a nega, lá adiante.

Os raios de sol se esparramam pelo chão, avançam contornando mesas e cadeiras, à medida que o trem se desloca, agora mais veloz, de encontro aos campos. Ana, tão pequena, distrai-se com os efeitos solares, o vaivém do garçom ao balcão do restaurante, as pessoas que se ajeitam para degustar seu café com leite e o *croissant* apetitoso sobre os cestos, tudo é novo para ela, é sua primeira viagem de trem.

Quem está doente é a mãe da mulher, avó da menina; há muitas semelhanças entre as três, o formato do nariz e o jeito de falar pouco, embora os cílios grandes e os olhos azuis de Ana sejam de outro ramo da família — na árvore genealógica de seu pai, passeando entre uma geração e outra, eis que a natureza várias vezes pincelou essa cor no olhar de uma criança. Existem também diferenças, cada uma delas está em uma estação da vida, há beleza em todas, certos dias de inverno encantam tanto quanto os de primavera.

Ana sabe que algo se passou com a avó na noite anterior, mas ignora o conteúdo preciso da palavra UTI, pelo menos no despontar dessa manhã; talvez à tarde possa descobri-lo, quando chegarem a Sacramento. O alarido no interior do carro-restaurante e as listras de sol que se espicham pelo chão a absorvem como se estivesse numa ciranda; mas o movimento do trem rangendo nos trilhos a entontece, é uma maneira brusca de acordar quem ainda não espantou os pássaros da noite. A estação vai ficando para trás, enevoada pela distância, a menina também, paisagem que se desprende da infância.

— Que cara é essa, filha? — pergunta o pai.
— Não tá gostando?

A menina move a cabeça em sinal afirmativo, os cabelos crespos como negras cachoeiras lhe escorrem pela testa, assim eram os de sua avó quando jovem.

— Por que sacode tanto?

— É assim mesmo, você logo se acostuma...

O garçom traz o café da manhã. A mulher ordena as xícaras na mesa, mistura o café ao leite, vai servir primeiro Ana, depois o marido, ela mesma pode esperar, engasgou com a notícia que rompeu a quietude da noite.

— Vamos, coma! — diz a mulher, estendendo para a menina o pão com manteiga e a xícara fumegante. Suas feições revelam o desalento, *Venham urgente, o caso é grave*, dissera-lhe a irmã ao telefone, e ela, *Como foi? De uma hora pra outra?*, e a irmã, *Sem mais nem menos*, e ela, *Já estamos indo*, e a irmã, *Tragam a Ana, a mãe está pedindo...*

— Sacode demais — diz a menina.

— Obedeça sua mãe — diz o pai.

— Não precisa falar assim.

— Assim como?

— Bravo.

— Vamos, antes que esfrie!

Atraídos pelo aroma do café, novos passageiros confluem para o carro-restaurante, as mesas vão sendo ocupadas, o burburinho cresce. Uma jovem passa pelos três, os observa com ternura — talvez lhe recordem os tempos em que vivia feliz entre seus familiares — e segue pelo corredor, salpicado de raios solares.

A mulher serve o marido, que traz também no semblante a expectativa, parece fresco o *croissant* em seu prato, mas só o levando à boca descobrirá seu sabor de ontem. Ana vai comendo, aérea, a manteiga brilha em seus lábios lambuzados, seus gestos são graciosos, seus pés balançam debaixo da mesa.

Levarão três horas para chegar a Sacramento, uma se tivessem carro. Comove ver uma família unida tão cedo, o sol se espraiando lentamente acima dos campos, sobretudo nesses tempos de conflito quase sempre entre pais e filhos.

— Tá gostoso, filha? — pergunta o homem.

— Mais ou menos — ela responde.

— Pão murcho — resmunga a mulher.

— Melhor que nada — diz ele.

Correram para pegar o trem das seis e meia e, agora, só lhes resta esperar, conversando trivialidades.

— Quer um biscoito? — oferece o pai.

— Daqui a pouco — diz Ana. E, voltando-se para a mãe, pergunta: — O que tem Vó Maria?

— Já disse: ficou doente. Todo mundo fica. Você não teve febre outro dia?

— Ela tem?

— Não sei!

— Será que tá com dor?

— Se estiver, logo passa. Agora, beba seu leite...

O trem progride, em média velocidade, quase não se percebe o sol se elevando, pleno, detrás da planície, nem o movimento de um ou outro boi, solitário, ruminando o silêncio dos campos, à beira da linha férrea.

O pensamento de Ana viaja para o lado contrário, o que é estranho, crianças desejam crescer logo, algumas sonham até em envelhecer rápido.

A menina se recorda do último encontro com a avó, quando viera passar o Natal com eles. Tinha a face inchada, quase não conversava nem comia. Logo ela que atiçava em todos a alegria; e justamente na época de maior fartura: perna de leitoa, frango defumado, lombo dormindo entre frutas, arroz com nozes, o vinho tinto do pai, o panetone da mãe.

Tô banguela como você, lembra?, ela dissera, espirrando saliva.

Ana era pequena, um dente incisivo da primeira dentição já se fora; outro mole, cai-não-cai, dava-lhe aflição, e foi a avó, jeitosa, quem o puxou com barbante.

Por quê?, Ana perguntara, surpresa.

Porque assim deve ser.

Não entendi.

Um dia você entenderá.

A mãe lhe explicou que Vó Maria extraíra alguns dentes, a dor ia passar logo, como de fato passou e ela nada perdeu no Ano Novo, tanto que do mingau preparado para preservar suas gengivas saltou para as castanhas macias e comeu depois três tâmaras, macerando-as com a língua. Mas Ana percebeu que havia dor no sorriso da avó, mesmo depois que o rosto desinchou e os lábios murcharam, os dentes arrancados lhe queimavam de curiosidade, enchiam-lhe o coração de suspeitas. Havia também outra palavra, menopausa, que a mãe lhe dissera e cujo significado a menina não sabia, embora soasse triste aos seus ouvidos.

As festas de fim de ano passaram, felizes, em seu espírito; alguém disse, provavelmente uma visita, *O nariz dela é igual ao de Maria*, e outra completara, *Também os cabelos em cachos*. Tudo voltara ao que era, a avó se restabeleceu, desfez-se a nuvem triste de sua chegada e tornou a diverti-la com histórias e carícias. Mas o vazio dos dentes prenunciava uma mudança para Ana, *Assim deve ser*, igual à paisagem lá fora, já se alterando em seus olhos azuis.

— E ela vai sarar logo?

— Se Deus quiser...

— Vamos, coma seu pão!

Uma camponesa vestida de negro vem por entre as mesinhas, aproxima-se da família, desliza a mão pela cabeça de Ana e atravessa o carro-restaurante cantarolando; embarcou nesse trem ainda de madrugada, quando o telefone tocava na casa da menina, *Venham urgente, o caso é grave.*

De repente, a menina experimenta um leve mal-estar, as sacudidelas se repetiram, o trem corre nervoso pela linha, algum desnível que a erosão pluvial causou no terreno, uma fileira de trilhos soltos. As xícaras tilintam e perigam escorregar pela mesa, uma colherinha cai ao chão, o cesto de *croissant* sacoleja no balcão, se as coisas estão nesse pé, imagine o café da manhã no estômago de Ana. Assim age o tempo na consciência: espalha imagens, chacoalha ideias, muda de lugar as lembranças.

Vó, faz aquele bolo de chocolate!

Sua mãe não pode saber...

A gente come escondido.

Vai guardar segredo?

Vou.

Promete?

Prometo.

A mãe nota a indisposição no rosto da filha, outro dia ela fez onze anos. Aflita com o que estará acontecendo em Sacramento e, julgando ser um dengo de Ana, a mulher diz:

— O que foi agora? Por que a cara feia? — E completa, em tom mais duro: — Vamos, não faça manha!

Os passageiros nas mesas ao redor observam a família, uns disfarçam e continuam a comer, outros miram atentamente, mas o interesse se restringe aos olhares, vão longe em pensamento.

— Calma, querida — diz o marido, refreando a frase que viera primeiro à sua mente: — Por Deus, não é hora de escândalos!

Ninguém ouviu as palavras da mulher, nem as do homem, mas pela expressão dos três, um zangado com o outro, mãe com filha e o marido com a esposa, qualquer um perceberia o desacordo entre eles, inclusive o garçom, que se aproxima.

— Algo mais, senhor?

— Não, obrigado!

Ana continua mascando a contragosto o pão murcho, *Ah, se fosse o bolo de chocolate da Vó Maria*, esforçando-se para controlar o espanto de ser injustamente repreendida. Seu mal-estar persiste, vai crescendo, lento e definitivo, tanto quanto o sol no horizonte, cujos raios entram, efusivos, pelas janelas panorâmicas e se espalham pelo vagão, recortam as mesas, douram o braço de um viajante, o rosto sonado de outro.

A menina se sente fraca, um desejo de dormir novamente, mesmo tendo por hábito saltar cedo da cama, a escola fica longe de casa.

Tá com sono, Aninha?

Tou.

Deita aqui no meu colo...

Para a menina, era um milagre: estava ao lado da avó na sala, estirada no sofá de couro, ou à porta de casa, para onde a família carregava as cadeiras, *Vamos tomar a fresca*, dizia a mãe, o pai, *Ver o movimento*, Vó Maria, *Contar estrelas* — e, de súbito, achava-se sozinha na escuridão do quarto, o silêncio guerreando com os grilos lá fora. Como é que viera parar ali?

Dorme fácil, assim, só no seu colo!

Você era igualzinha, filha.

Nem me lembrava, mãe.

O carro-restaurante está lotado, só duas ou três mesas vazias; ao redor do balcão se agrupam alguns homens, à frente deles uma garçonete enfileira xícaras, o aroma do café é delicioso para quem o sorve sossegado, contemplando a paisagem que se move, o dia nascendo nas distâncias verdes e onduladas.

Ana engole mais um naco de pão, o azul dos olhos se umedeceram, a hóstia lhe desce pela garganta, das pernas sobe uma comichão estranha.

— Quero fazer xixi — diz ela baixinho.

— Não fez antes de sairmos? — a mãe pergunta.

— Preciso ir de novo.

— Dá pra acabar de comer?

— Não!

— Você tá impossível hoje!

— Calma, calma — a voz do pai ecoa.

A mulher limpa a boca, impaciente, joga o *croissant* no prato, ergue-se bruscamente e resmunga:

— Vamos, levante-se! Não tô à sua disposição o tempo todo.

A menina se ergue, titubeante, a zoeira lhe domina o corpo, a mãe a segura pelo braço.

— Tá doendo — choraminga Ana.

— Vai doer mais, se você não se comportar.

Fosse Vó Maria, não seria tratada com tanta dureza, *Deita aqui no meu colo*, o que podia fazer se se sentia tonta, as pernas enformigadas, a estranha vontade de urinar, o café revoluteando na barriga e, agora, o latejar dos seios pequeninos, *Por que mãe estava tão nervosa?*

Um e outro passageiro acompanham as duas com os olhos — crianças são voluntariosas, é preciso pulso firme e não se comover com melindres —, também já foram assim um dia.

As duas saem do carro-restaurante, chamando a atenção de todos: rebocada pela mãe, quase suspensa pelo braço, Ana esbarra numa cadeira giratória, o encosto lhe esmaga os seios, *Diabo de menina*, dispara a mulher; distante, o marido evita mirá-las, o café lhe cai mal, é difícil ficar ali, mastigando o constrangimento.

— Você me paga, se for onda!

— É verdade...

À esquerda do corredor, entre um vagão e outro, há um banheiro, a porta está fechada apenas com o trinco, o sol fuzila seus raios na fechadura, a mão da mulher a abre e, como o espaço é minúsculo, a voz soa imperativa:

— Vai, eu espero aqui fora!

Ana entra, temerosa, pensava encontrar ali tudo menos o vaso e a pia, as toalhas de papel e o espelho enferrujado que reflete seu rosto pálido, o azul assustadiço de seus olhos, os cabelos em cachos. O trem parece uma casa, não falta nada, pena que Vó Maria esteja doente, bom seria tê-la por perto, *Vem, deita aqui, um dia você entenderá...*

— Limpe o assento antes — avisa a mãe lá fora.

A primeira parte da aula está por findar, Ana terá o restante da viagem como recreio, amargo e esquecível, e, na sequência, outra lição, em Sacramento, a dor talvez suba ao coração para cavalgá-lo, não como agora, que comprime seu ventre, quase lhe expulsando as entranhas. Sentada na extremidade do vaso, por uma fresta da janelinha ela vê um pedaço do céu claro, tingido de cor-de-rosa, a manhã se alteia, mas a tontura a impede de apreciar a cena, a dor supera a beleza dos milagres cotidianos.

Gemendo, Ana se encolhe, a cabeça se curva, como se quisesse abraçar-se a si mesma, proteger os seios pequeninos, afastar a mareação e a dormência que beliscam suas pernas.

A mãe perdeu a paciência, é um martírio viajar tantas horas com uma má notícia, quando só se sabe do problema umas poucas palavras, *Venham urgente, o caso é grave*, na imaginação vai se desenhando um desfecho nem sempre igual ao da realidade. Os nervos fervilham, impossível manter a calma:

— Vamos, não faça onda! — diz ela, vigiando a porta. — Você tá abusando...

— Já vou — sussurra Ana, chorosa.

Mas a mãe não a ouve, o trem estridula, seu balanço é brusco, as rodas martelam os trilhos, os engates dos vagões espoucam.

Um solavanco inesperado atira a mulher para longe; na primeira e segunda classes, passageiros espirram das poltronas; no carro-restaurante uma xícara estilhaça no chão.

O tranco também pega Ana de surpresa e, mais pelo susto que por malícia, a menina estica os braços e se segura nas paredes laterais, em posição de cruz, a saia e a calcinha arriadas, a cabeça erguida para a janelinha, os olhos azuis mirando o céu, *Deus, o que tá acontecendo?* Mas o expresso já se acalma, ou a linha é que melhora, a mãe se agarra a um santo-antônio do corredor e se recompõe, a menina afasta as pernas, apta e expectante, a sacudida fechou a porta do banheiro, a lingueta do trinco correu e se travou no suporte, só por dentro agora se pode abri-la.

— Tudo bem? — pergunta a mulher, aflita. — Por que você fechou a porta?

— Fechou sozinha — a menina responde.

— Abra já!

— Já vou, tô fazendo xixi.

Se o trem deslizasse silencioso, daria para ouvir o ruído da urina a borbulhar na água do vaso, até mesmo a respiração irregular de Ana. E só quando passa a tira de papel higiênico entre as pernas ela percebe, assustada, que há nele um borrão de sangue. Às pressas, ei-la a pegar outra tira, e outra, e mais uma, todas para estancar as poucas gotas de seu primeiro fluxo.

— Vamos, filha!

— Tô acabando.

Por pouco Ana não desanda a chorar, o desespero quase a subjuga, não fosse a última tira de papel higiênico, já sem sangue; findou-se a pequena hemorragia, outras mais volumosas terá essa menina...

E o bolo de chocolate?

Sua mãe não pode saber...

Ah, se Vó Maria estivesse aqui.

Ela espera o susto passar, igual a uma abelha ele zune e dança, afasta e se aproxima, já não ameaça e, por fim, decide sumir pela janelinha, rumo ao campo ensolarado. O calor que a sufocava dá lugar a um calafrio, a tontura faz sua despedida, *Um dia você entenderá.*

— Abra logo — ordena a mãe. — Por que tá demorando tanto?

— Lavando as mãos — responde Ana.

Ela se recupera, fosse outra estaria em prantos, gritando, raramente é silenciosa a passagem de uma menina a moça, ainda mais para as famílias, que sempre a partilham com parentes e vizinhos. O mal-estar continua, os seios pulsam, nada contudo incapaz de ser disfarçado e confundido pelos pais com uma indisposição, saíram de casa em tropelia, arrancaram a filha da cama, o sonho das crianças é delicado, em nada comparável a esse outro despertar de Ana.

— Vamos, abra logo!

A menina enxuga as mãos, ergue a cabeça, vê sua face refletida no espelho, pálida, o azul de seus olhos tremulando. Gira o trinco, vai sair do banheiro para uma vida nova, sem ter a plena consciência de sua metamorfose. A mãe não notará diferenças, o vagão oscilante com o movimento do trem está inundado de sol e, a essa hora, não podemos *Contar estrelas*, como falava Vó Maria, é impossível vê-las, mesmo sabendo que estão no céu, cintilando. Uma jovem passa, espremida num vestido provocante, com um violão nas costas, chama a atenção da mãe, que nem repara na filha, já a trotar a seu lado, *Deus, a gente encontra cada tipo em viagens...* Através da janela panorâmica, a limpidez da manhã entretém a menina um minuto, espalhando claridade pelo verde dos campos.

Vai guardar segredo, Aninha?

Vou.

Promete?

Prometo.

No carro-restaurante, o pai mastiga restos de seu *croissant*, o burburinho persiste entre os passageiros, o garçom limpa uma das mesinhas, mãe e filha saíram apenas cinco minutos.

— Tudo bem, filha? — pergunta o homem.

— Não quero mais nada — responde ela, olhando para a camada de nata que se formou em sua xícara de leite.

Novamente reunida, a família há de enveredar por uma conversa amena. A mãe ainda tomará um gole de café, o pai se aborrecerá com a conta, Ana se distrairá com o entra-e-sai dos passageiros e os modos da garçonete atrás do balcão. Até que a esperança comece a se debater, enlouquecida, no coração de cada um, e eles se reanimem:

— Vó Maria vai sarar logo, mãe?

— Se Deus quiser, filha...

— Não haverá de ser nada.

— Demora muito pra chegar, pai?

— Já, já estamos lá.

Eu queria bolo de chocolate.

Eu faço pra você...

Ana fecha as pernas, um joelho a tocar o outro. Está começando a entender.

AMOR-MENINO

Era apenas uma mulher dirigindo o seu carro ao entardecer na grande cidade, depois de sair do trabalho e apanhar o filho à porta da escola. Seguiam para casa a bordo de seus desejos, cansados e satisfeitos com o dia que tinham vivido, pensando, apenas, no que haveriam de fazer, mas pensando levemente, sem o sofrimento da espera.

Contavam um para o outro o que haviam feito até aquela hora, revelando, assim, o seu (mínimo) saber das coisas, principalmente o menino, que só queria chegar em casa para assistir à tevê e ser amado. Ele ignorava que aquilo que sentia pela mãe era a outra ponta do amor, embora a pegasse como um garfo, com a sua falta de experiência, mas certo de que é chegada, enfim, a hora de comer.

E, apesar de ter menos acesso à realidade —

em comparação com a mãe, que dirigia atentamente —, ou dela estar mais afastado por sua própria condição de menino, foi ele, deitado no banco de trás, em seu exíguo mundo de devaneios, quem primeiro percebeu que o carro puxava para um lado. Pensou em perguntar, *O que está acontecendo, mãe?*, quando ela mesma se deu conta do problema e, ainda que não tivesse vivido igual situação, soube, com o solavanco da certeza, o que se passava, e exclamou, sem disfarçar o desgosto, *Furou o pneu!* Imediatamente, ligou a seta e pegou a pista da direita, *Puxa, que azar!*, à procura de um local onde pudesse parar, sem reter o fluxo caudaloso de veículos.

Mas não havia lugar para estacionar naquela avenida de tráfego veloz — estreitas também

eram as calçadas, e cheias de transeuntes —,
e, pelo simples fato de ter reduzido a
velocidade, já uns motoristas buzinavam e,
em manobras abruptas, a ultrapassavam com
impaciência. Teve ainda de ouvir uns impropérios,
o pior deles do motorista de um ônibus:
Só podia mesmo ser mulher!

O menino se ergueu, apreensivo, *Como você sabe que é o pneu, mãe?*, e ela, *Sabendo!*, e ele, *E o que vamos fazer?*, e ela, *Temos de trocar*, e ele, *Você sabe trocar?*, e ela, para acalmá-lo, *Sei*, de olho, pelo retrovisor, nos carros que vinham lá atrás, irritados com a sua lenta progressão.

A mãe era inteligente, o menino sabia. Mas, com seus nove anos, descobrira que também tinha seus defeitos, e se doía por ela quando o pai os apontava abertamente. Era aí que ela mais precisava de sua ajuda, como àquela hora. E ele era só um menino...

Não é melhor parar?, ele perguntou, escondendo a aflição, que, todavia, ela percebeu e, para se mostrar serena, respondeu, *É melhor, sim, mas aqui não dá!* E, como se suas palavras tivessem poder sobre a regência do mundo — como tinham para fazer o menino obedecê-la, *Hora de dormir, Vá fazer a lição de casa, Penteie os cabelos* —, ela sentenciou, *Já vou achar um desvio!*

Enquanto ele, com seu medo e seu absoluto amor, esperava o que aconteceria, a mãe encontrou uma saída. Adiante, a avenida fazia uma curva, e, antes de desembocar num viaduto, havia uma rua à direita, na qual ela poderia entrar. Assim o fez, com máxima cautela.

Dirigiu alguns metros nessa rua, ali corriam menos riscos, o rumor do tráfego se distanciava, não havia movimento, e, pelo espelho, notou o olhar alerta do filho e disse, para minimizar o seu incômodo ante o universo de imprevisibilidade em que ele vivia e continuaria a viver, *Não se preocupe, vai ficar tudo bem!* Mas o menino sabia que ela também se abalara, o imprevisto torcera a realidade deles como um arame. Precisava ser maior do que era para ajudá-la.

A mãe estacionou em frente a um edifício e desligou o motor. *Fique aí*, disse, *vou ver se é mesmo pneu furado!* O menino não a obedeceu, respeitou seu próprio sentimento, que pedia para protegê-la, e, assim, abriu a porta e saltou do carro, a examinar igualmente o pneu murcho.

Desviou da mãe os seus olhos irrequietos, com receio de que pudesse parecer nervoso e a deixasse mais preocupada. Ele, em seu riacho de menino, sabia muitas águas dela. Só não sabia que seu conhecimento era típico de quem ama.

Sem o medo dele, a mãe se viu forte. Não hesitou em abrir o porta-malas e pegar o triângulo, o macaco, a chave de roda e o estepe — tão pesado! —, e os retirou com tanta naturalidade, que parecia usá-los desde sempre.

Mas, esquecida de que o primeiro passo era afrouxar os parafusos do pneu furado, a mãe foi direto ao segundo, encaixou o macaco na posição indicada e se pôs a mover a alavanca, e aí a realidade, em sentido inverso, confirmou a sua inabilidade para a tarefa.

O menino notou que ela sofria, não apenas pelo esforço vão mas por não ocultar dele a sua imperícia, e então disse, *Deixe eu tentar, mãe!*, ao que ela, os cabelos desalinhados, protestou, *Não, eu consigo!* Girou novamente a alavanca, que, em movimento falso, não produziu efeito algum, o carro continuava preso ao chão; suspensa ali, provisoriamente, só a confiança dos dois. *Está um pouco difícil...*

Então, a noite, que costumava descer vagarosamente sobre os prédios, as casas, as ruas — assim o menino sentia, quando ia no banco de trás do carro —, desabou de repente como uma tempestade e, se um minuto antes havia restos de sol, agora o breu imperava, a rua só não era mais escura porque a luz de um poste havia se acendido.

A mãe continuou se empenhando, mas o filho percebeu que eram mínimos os seus progressos, e, num clarão, como se encontrasse a peça que faltava em seu Lego, lembrou-se do pai. O pai poderia ajudá-los, era mais sábio que a mãe naquela situação. Por coincidência, nesse instante, ela abriu a porta do carro, pegou o celular na bolsa e disse, *Vou ligar pro seu pai.*

De nada adiantaram as suas tentativas, o marido não atendia: aquele era um desafio só para os dois.

O filho precisava renascer na mãe, e ela, novamente, dar à luz seu filho.

Voltou ao trabalho usando a chave de roda para afrouxar os parafusos do pneu furado. Esforçava-se, o rosto enrubescido, e no entanto nada conseguia. Suspirou e, recordando-se de uma ocasião em que vira o marido trocar um pneu, colocou a chave de roda num parafuso e, em vez de girá-la com as mãos, tentou com um pé, subindo nela. Quase caiu — e a chave não se moveu!

Fique aqui, disse de repente ao menino. *Aonde você vai?*, ele perguntou, e ela, *Vou até aquele prédio ali*, e ele, *Fazer o quê?*, e ela, *Já volto, não saia daqui.*

A mãe tocou a campainha do prédio e falou com o porteiro. Perguntou se havia alguma borracharia por perto. Não, não havia, o homem garantiu, ela teria de pegar a avenida de novo, cruzar o viaduto, aí talvez encontrasse algum posto de gasolina.

Ela voltou sem solução. Recomeçou a girar a manivela do macaco, que, dessa vez, ergueu o carro um centímetro. Mas, em seguida, emperrou de novo. Era só uma questão de jeito, e ela não o tinha. O menino a observava, na sua secreta dor. Amava-a com mais força, quase se esgotando, no máximo de seu coração, e, no entanto, era incapaz de salvá-la.

De súbito, um carro apareceu e estacionou na calçada oposta. Um homem saiu de seu interior e atravessou a rua, em direção ao prédio diante do qual eles estavam. Ao vê-los sob a luz fraca do poste, entendeu o que se passava e parou. A mãe trocou umas palavras com ele.

Então, o homem retirou os parafusos do pneu furado, ergueu o carro facilmente com o macaco e foi colocando o estepe, enquanto a mãe, repetidas vezes, o agradecia. O menino a mirava no seu alívio. Ela disse, *Logo estaremos em casa!* Ele sorriu. Agora, sim, podia amar a mãe de novo, com o seu amor isento de culpas.

NOVA CASA

Lembravam, todos, daqueles primeiros dias. Cada um à sua maneira, nos seus limites, igual aos quartos da nova casa: o dos pais, maior que o dos filhos; o das meninas, ao meio; o do garoto, menor de todos, assim como ele. Os quartos, com suas portas e janelas, nos seus distintos olhares, de dentro e de fora — a família.

Chegaram num sábado: as meninas tagarelando, no caminhão-baú; o garoto, quieto, no carro, com os pais. E, apesar de saberem que teriam incontáveis afazeres, não só naquele dia, mas nas próximas semanas, eram só sorrisos.

À mãe cabia o trabalho maior; nos ombros o peso de reordenar os objetos no novo espaço, reduzir a ansiedade dos filhos e a impaciência do marido e, no entanto, tão leve ela caminhava pelo corredor entre as caixas... Antes de entrar na casa, já se notava, em seu rosto, a alegria futura. Via, lá na frente, o sonho saindo do escuro para a luz da verdade, o terreno das coisas vivas.

Com voz meiga, organizava o mundo, a dizer aos carregadores, *Aquela cama no quarto do fundo*; *Essas duas no quarto do meio*; *O sofá ali*; *A mesa aqui, perto da janela*. A casa, aos poucos, ia virando lar, a seu comando, como se ela soubesse previamente o lugar de tudo, quando decidia de improviso, no fluir do momento. Suas palavras moviam as peças do caminhão-baú para os cômodos; vestiam, lentamente, as paredes nuas; acalmavam o silêncio que lá rugia.

Havia tarefas de sobra para todos, tanto o que guardar, tanto a se desfazer, como as lembranças. Que tirassem proveito da ocasião, fizessem a escolha do que deveria ficar, enquanto ajeitavam seus pertences, *Alguém viu meu skate?*; *Mãe, cadê minha flauta?*; *Filho, me ajuda aqui!*; *Pai, você não vai instalar o chuveiro?*

Os bens de cada um pareciam poucos nas gavetas da velha casa, mas, ali, vazando das caixas abertas, se via a sua quantidade, admirável: o garoto e seus muitos brinquedos; as meninas e suas coleções de bonecas; a mãe e seus livros de receita; o pai e sua montanha de papéis, *Quanta coisa, meu Deus, a gente acumula...*

O vaivém se espalhava, *Mãe, quebrou um copo*; *Filho, me ajude aqui*; *Amor, preciso da escada*; *Onde foi parar a furadeira?* O desenho das vidas ia se formando naquela moldura, as crianças contribuindo com o colorido das risadas.

Depois os carregadores partiram, o sol

desapareceu, e eles se viram sós, a acender as luzes, exaustos mas felizes. A nova casa exibia os seus atrativos: era maior que a outra, bem maior; tinha o jardim que a mãe sonhava remodelar, os canteiros de lindas flores que ela cultivaria; o quintal, onde o garoto jogaria bola e as meninas brincariam com um cachorro. Ali os desejos se alargavam, como a porta corrediça, para se abrir, de fora a fora — a sala e a varanda transformadas numa só área, de convívio.

A mãe foi à cozinha preparar o lanche e lá, inesperadamente, sentiu outra noite cair, de súbito, escurecendo os seus olhos. Apoiou-se na parede e sentou numa cadeira. A tontura, na sua vigência. O canto dos grilos, vindo do quintal, se distanciava, também a voz dos filhos ocupados lá dentro, comunicando que estavam vivos e reassumiam seus destinos. Lentamente, muito lentamente, a vista foi clareando. Ainda não se recuperara por inteiro quando o marido passou com a caixa de ferramentas, o ar industrioso, na tarefa de pôr os aparelhos elétricos para funcionar. *Tudo bem?*, perguntou, sem perceber sua face lívida, e ela, *Tudo, só estou descansando um minuto...*

O minuto se esvaiu. O marido retornou e, dessa vez, notou-lhe a palidez, o esforço que fazia para se manter sentada. *O que foi?*, perguntou, alerta. Era raro vê-la doente, sempre a zelar por todos e nunca a pedir cuidados. *Foi só um mal-estar*, ela respondeu e, como se a verdade, solidária, lhe desse a mão, ergueu-se com energia, sentindo-se bem outra vez. *Vou chamar as meninas*, o marido disse, e ela *Não precisa, está tudo bem!*, e recomeçou a preparar o lanche.

Uma das filhas apareceu na cozinha para auxiliá-la; rápida e objetiva, já sabia o que fazer: a mãe preparava o suco, ela colocava os sanduíches na tostadeira, as duas conversando, *Falta muito pra acabar?*; *Só um pouco, já arrumamos o guarda-roupa*; *Ficou bom?*; *Ficou, mas ainda tem muita bagunça*; *Devagar tudo se ajeita...*

Finda a refeição, as meninas a ajudaram a lavar e guardar a louça. O pai saiu para estender os varais de roupa no quintal. O garoto foi em seu encalço e viu, antes de todos, a lua e as estrelas cintilando no céu, a noite que anunciava uma nova vida.

Passavam das onze quando se deitaram, deixando ainda muitos objetos dispersos, malas fechadas, e tanto, tanto a acomodar como os sentimentos dentro de cada um.

Vieram outros dias, tão primeiros quanto esse, de se ajeitar a nova casa — e, em seus cômodos, eles mesmos —, até que o costume lhes desse a posse definitiva. E, pouco a pouco, foram se habituando aos espaços e às coisas no lugar onde as haviam colocado, como se lá tivessem nascido desde sempre.

Não tardou para o menino jogar bola no quintal, perseguido pelo cachorro das irmãs; o pai encontrou um canto arejado para colocar a sua poltrona; a mãe cultivava suas flores no jardim, onde, de súbito, sentiu tontura de novo. E vieram outras, e outras, e outras, até se tornarem suas inquilinas permanentes.

Todos se lembravam dos primeiros dias na nova casa. E só depois que a mãe se foi para sempre, descobriram que sua ausência já estava ali, quando, naquele sábado, eles lá chegaram, tão felizes.

CREDENCIAL

Um homem, de repente, naquele almoço de negócios, mencionou que seu pai era diplomata e se alongou, orgulhoso, detalhando as viagens dele a países exóticos e as cerimônias das quais participou. Então, eu pensei: o que posso dizer do homem que mais amei, tão somente com o coração de criança, porque ele não teve tempo de me ver crescer? Meu pai também era um viajante, mas os países onde circulava, oferecendo cereais que comprava diretamente dos fazendeiros, eram os vilarejos próximos da pequena cidade em que vivíamos. Ele partia todos os dias muito cedo em sua Kombi e retornava à noite, e eu, apesar de ir à escola só à tarde, madrugava para vê-lo tomar o café que a mãe lhe servia numa xícara grande, os dois trocando suavemente umas palavras,

os olhos se alternando entre mirar os movimentos dela, seu mundo ali dentro, e o verde vigoroso das terras lá adiante, onde os agricultores cultivavam os grãos que ele comprava e vendia: arroz, feijão, milho, soja, amendoim. O pai e a mãe se gostavam, e o afeto que demonstravam um pelo outro nas atitudes mais singelas — quando ela, vendo-o fazer as contas, preocupado, sorria e lhe dava um beijo na nuca; ou ele, encontrando-a cerzindo as suas camisas, parava e massageava seus ombros —, atitudes que ensinavam, a mim e a meu irmão, sempre em conflito, que, acima das nossas diferenças, podíamos ser, senão confidentes, mais próximos.
Eu saía da cama e ficava no sofá com um brinquedo, esperando que o dia começasse devagarzinho em mim, o sol a se espichar

sobre as casas, os pássaros com o canto já ligado, e dali eu podia ver os dois na cozinha, até que o pai a abraçava e, depois, vinha me dizer *Bom dia e tchau*, e aí, às vezes, mesmo atrasado, ele ficava um pouco lá comigo. Pedia para que contasse meus sonhos, como se soubesse que eu justamente queria contá-los, e me fazia cócegas, me dava socos de mentira, e assim aproveitava para, num carinho disfarçado, desarrumar ainda mais os meus cabelos. Então, *É hora de trabalhar*, ele dizia, e seguia para a garagem, e eu, de pijama, ia atrás, abria o portão, à espera que ligasse a Kombi, o motor soltando uns peidos, ele me acenava, *Tchau, filho*, seguindo para aqueles povoados onde ia negociar — os lugares mais longínquos que seus pés tocaram. Daí em diante, eu só o veria ao entardecer, quando retornava, exausto, a roupa amassada, o cheiro de suor e poeira, os gestos leves que negavam o esforço feito o dia todo, dirigindo por estradas de terra, carregando sacos de cereal, almoçando sozinho, dentro da Kombi ou à sombra das árvores do caminho. Ele chegava sorrindo, mesmo se não tivesse vendido nada — eu só descobri depois! —, e dava um beijo em cada um de nós, tocando-nos forte, como se pegasse a realidade a partir do nosso corpo e, assim, sentisse que éramos nós mesmos, sua mulher e seus filhos. Tirava os sapatos e, descalço, ia até o tanque limpá-los, e nessa hora sempre dizia, *É bom sentir os pés na terra!* Em seguida, tomava seu banho, enquanto eu e meu irmão assistíamos tevê, e aí ele saía do banheiro, recendendo a sabonete, e atravessava a sala com seu passo tranquilo, pendurava a toalha no varal e parava na cozinha para ajudar a mãe a cortar o pão ou temperar a salada. Sentávamos os quatro à mesa, a janela aberta para podermos ver o sol sumindo lentamente, e o céu, pontuado de estrelas, a anoitecer, garantindo que tudo obedecia ao seu ritmo, os planetas giravam no espaço, a lua ao redor da Terra, os aviões acima das nuvens, e nós ali, vivos, tomando pé do nosso destino. Falávamos de coisas próximas, a comida da mãe, as lições escolares, a doença do vizinho, e de coisas distantes para nós, crianças, mas que interessavam ao pai e à mãe, o último sermão do padre, os candidatos a prefeito da cidade, o novo viveiro de peixes, enfim, conversávamos sobre aquilo que a vida pedia quando a estávamos fruindo, naquele seu agora, que é tudo o que temos, e que, depois, vai se diluindo na memória, até que um novo dia seja fabricado pelo tempo. Às vezes, findo o jantar, permanecíamos ali, o pai recolhia as migalhas de pão com a faca e contava umas coisas menores de seu dia, que a maior, para ele, era despertar bem-disposto (sem dores nas costas), ligar a Kombi e seguir por aqueles cantos vivos, cruzando com todo tipo de gente, cada um a aceitar, com maior ou menor paciência, o sol e a chuva. Num dia de verão, meu irmão e eu de férias, cansados de fazer as mesmas coisas, sobretudo aborrecer a mãe, foi que o pai, ouvindo as queixas dela, nos chamou para passar o dia com ele. A manhã despontou quente, fervendo o ar que parecia mover a montanha lá longe, como se quisesse desprendê-la de sua base, as plantações levitavam com suavidade, e o céu, o céu doía nos olhos de tanto azul! Sob o silêncio das ruas, o sol estalava e, mesmo sendo tão cedo, a gente já sentia calor na Kombi, no meio dos sacos de cereal. O pai tinha retirado os

bancos de trás e preferia que fôssemos lá, sobre a carga. Estávamos felizes, meu irmão e eu, por viajar com ele — daqui até ali também é uma viagem, às vezes mais longa que entre continentes —, embora a Kombi fosse velha, e, quando passávamos, o motor gemia nas subidas, as pessoas nos olhavam como se fôssemos de circo, a maioria ria e acenava, alguns praguejavam e, para esses, o pai buzinava, como se dizendo, *Bom dia!* Pegamos o caminho do rio, passamos pelo viveiro de peixes e seguimos reto, o dia era todo novo em mim — ainda que os pássaros cantassem igual, as árvores fossem as de sempre, a torre da igreja lá trás a mesma —, eu já era outro naquele que fui, ia entrar num território que só o pai penetrava, tanto que o sentia mais perto, tão perto que parecia viajar no banco da frente com ele.
O homem à mesa continua a descrever os grandes atos de seu pai diplomata e explica as regras que, se não obedecidas, podem resultar em gafe internacional, e aí

eu lembro que, naquele dia, nós fomos conversando boa parte do percurso, o pai falava de quem eram as terras, *Ali é a Fazenda das Flores* (onde não havia mais flores), *tem mais de duzentos alqueires, é da família Azevedo*; *Lá adiante, aquele sítio é do Seu Ângelo*, e informava quais seriam as nossas paradas, *Bonfim Paulista, Dumont, Serrana*, e nós íamos fazendo perguntas a ele, *Aquilo é plantação do quê?, Quem mora naquela casa lá no alto?, Qual o nome daquele passarinho?* O pai ia respondendo *Soja, Chico Amoroso, Acho que é um sanhaço, não deu pra ver direito.* Aqui e ali, a gente via meia dúzia de vacas pastando num campo verde, um potrinho saltitando ao lado da mãe, tão bonito, as nuvens escrevendo devagar a chuva no céu, a gente sentia a terra cheirosa, o aroma das laranjeiras no vento, e aí ficávamos em silêncio, para continuar apreciando aquelas belezas, para segurar forte, até onde os nossos braços alcançassem, aqueles nossos momentos, que para outras pessoas eram só momentos, menores.

O pai ia feliz, talvez porque tinha nossa companhia, ele passava seus dias só, correndo aquele mundo sem reclamar das estradas cobertas pelo mato, das pinguelas perigosas, dos arruados pobres, dos trechos (muitos!) de asfalto descascado, dos cachorros raivosos que corriam atrás da Kombi. Daquele dia, eu me lembro de todas as vezes que o pai parou num povoado, num rancho, numa vila, e em cada um ele chegou da mesma maneira, lenta e discretamente, com um sorriso, sendo o tempo inteiro quem ele era — apenas um homem —, e por isso pisava com respeito no chão alheio, pedia licença, ouvia as pessoas primeiro para depois se pronunciar. No meio dessa tarde, quando a tempestade, que se anunciava por atrás do sol, enfim desabou, chegamos a uma casa num sitiozinho entre os rochedos, e até lá o pai fez questão de tirar os sapatos, os pés na terra, não queria sujar de barro a varanda limpa, onde o dono nos recebeu. Depois, enfrentamos o aguaceiro em quase todo o caminho de volta, e o pai, apesar de atento às estradas, para evitar que atolássemos, se divertia, contando uns episódios dele menino, e ria com tal gosto que a gente ria de ouvir o seu riso, e, assim, nem bem estacionamos na garagem de casa e saltamos da Kombi, ele se pôs entre nós, uma mão sobre o ombro de meu irmão, a outra sobre o meu, e aí sorriu para a mãe que nos esperava, aflita. Agora, nesse almoço de negócios, o homem à mesa terminou de contar a história de seu pai diplomata e me observa. *É bom sentir os pés na terra!*, eu penso. E, antes de continuar a conversa, abro um sorriso para ele: essa é a minha credencial.

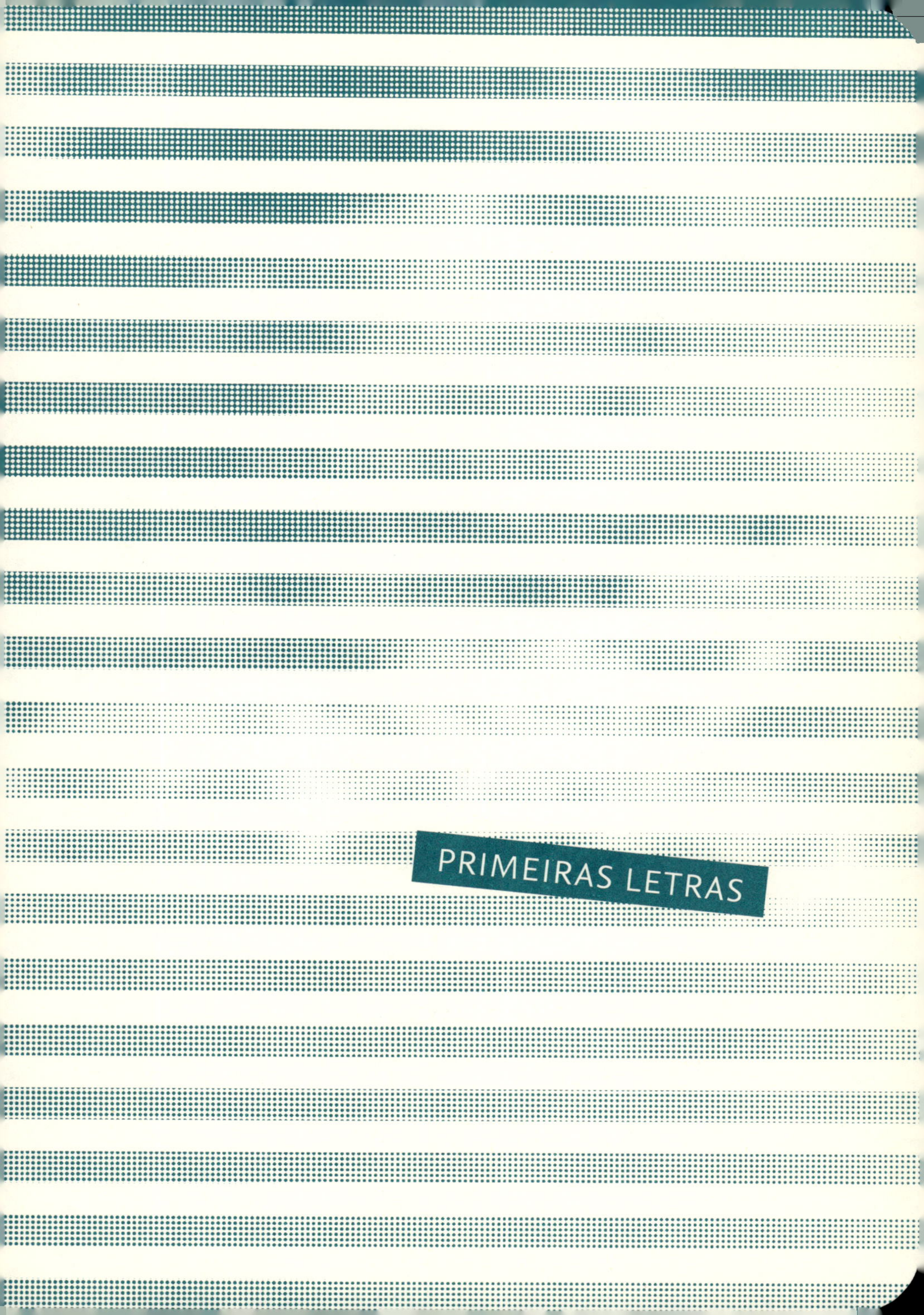
PRIMEIRAS LETRAS

Desculpe se eu me intrometo, mas o que você está lendo? Ah, eu já li, é uma história muito bonita, o final, então, você nem imagina… não, não se preocupe, eu não vou contar, logo você vai descobrir, faltam poucas páginas pra terminar, não é? Eu sempre fico inquieto quando estou no fim de um livro, me dá um alívio e ao mesmo tempo tristeza, eu gosto muito de ler, desde menino, em Barra do Pontal… Não, fica a trezentos quilômetros de Belém, é uma vila de pescadores, não é fácil chegar, se bem que já foi mais difícil, quando eu saí de lá não tinha ponte, agora vão inaugurar uma, eu soube pela minha irmã, quero só ver, estou indo justamente pra lá, visitar essa minha irmã, foi ela quem me ensinou a ler e escrever… Faz mais de vinte anos que a gente não se

vê, estou viajando há dois dias e ainda tenho
umas seis horas de viagem, meu corpo
dói todo, mas hoje, hoje eu vou encontrar
com ela... Na semana passada, eu lembrei
muito da minha irmã, parecia que ela me
chamava, que precisava me ver, aí arranjei
uma folga na firma e avisei lá em casa,
Vou visitar a Maria; minha mulher ficou muda,
à beira do fogão, como se olhasse além da
água fervendo na panela, mas, de repente,
ela disse, *Vai, vai, sim...* É que do nada eu
senti saudades da minha irmã, daqueles dias
em que a gente dormia no mesmo quarto,
criança ainda, e conversávamos um tempão
na cama, coisas sem importância, mas que
pra nós era tudo, a nossa vida naquela hora;
a gente pode esquecer as palavras, mas não
o que sentimos, pelo menos é o que acontece

comigo, eu só lembro das coisas que eu fiz com
as pessoas, quando quero me recordar delas, eu
fecho os olhos e busco na memória uma cena
que vivemos juntos, eu não sei explicar direito,
talvez por isso eu goste de ler tanto, eu vivo
procurando histórias que digam o que eu sinto,
é uma limitação minha, não saber expressar
o que está aqui dentro, é como se a coisa fosse
feita pra não ser dita, só pra ser experimentada,
igual a uma fruta. Uma fruta a gente não explica,
quer dizer, a gente até explica, que ela veio de
uma árvore, uma árvore que antes foi semente,
mas isso não tem graça, uma fruta é pra gente
provar, uma fruta é pra gente se lambuzar,
carregar o cheiro na ponta dos dedos, não é?
Ou talvez seja igual a uma história que nos
contam, você logo esquece as palavras, você
fica só com a história, com o que ela despertou

em você, as palavras são como roupas, estão
ali só pra contornar o corpo das coisas, a gente
quer o que está por trás delas, a gente quer
é o miolo, aquilo que nós somos, lá no fundo...
Eu aprendi com a minha irmã, quando a gente
não sabe o que dizer pra uma pessoa (porque
tudo o que poderíamos dizer seria ainda menor
do que sentimos), é melhor darmos um abraço
nela, isso mesmo, um abraço, um abraço é como
uma história, diz por si, diz por nós. Quando eu
fui embora de Barra do Pontal, ela me disse
uma porção de coisas, mas eu esqueci tudo,
daquele dia só lembro de seu abraço, eu esqueci
até o que eu disse a ela, quando, pra disfarçar
minha comoção, fiz um carinho em seus cabelos,
só pra dizer o quanto eu gostava dela, e tudo o
que falamos se perdeu, e se se perdeu é porque
não era mais importante do que dissemos com

aquele abraço... Não, ela não é professora, assim, formada, mas tem uma delicadeza pra ensinar, uma calma, eu lembro quando me mostrava as figuras na cartilha, um sol, um gato, uma xícara, essas coisas simples, e eu ia entendendo como é que se escrevia o que já estava na minha vida, o sol que nascia na beira do rio, o gato da vizinha, a xícara da mãe, e ali, da minha mão, que ela segurava, me ajudando no contorno das letras, nascia o sol, o sol que na folha de papel era um sol-sol, porque era o sol na palavra sol, e o gato era um gato-gato, e a xícara era a xícara-xícara, e eu lembro de sua voz, eu ainda menino, ela um pouco maior do que eu, três anos de diferença, e era uma coisa de muito cuidado o que ela me ensinava, lembro que eu senti como se estivesse abrindo os olhos para o mundo, novamente, pela primeira vez... Outro dia vi a cartilha de um dos meus meninos, é bem diferente daquela do meu tempo, mas lá encontrei também um sol, uma árvore, uma bola, um dado, um elefante, essas coisas, e acho que não tem outro jeito de aprender, não, a gente sempre começa do simples, do que já está em nós (e ainda não entendemos). Eu tenho muita saudade da minha irmã, e a saudade é como a fome, só acalma quando a gente come, não importa se temos talheres, se estamos sentados, se lavamos as mãos, a saudade, ou a gente devora, ou ela vai mastigando a gente, devagarinho, até ficarmos tão fracos que nem percebemos o que se passa diante de nós, igual um livro que estamos lendo e, de repente, nos distraímos, e aí quando nos damos conta, estamos umas páginas adiante, deslizamos de uma palavra a outra, mas sem notar os seus sentidos, só escorrendo pelo papel, sem a gente se molhar, sem penetrar na sua pele, sem se enfiar todo no seu rio, e eu gosto daquilo que tira o fôlego, da vida que exige o mergulho, que arrasta tudo pra luz com o seu anzol, da vida que dá saudade do próprio instante que estamos vivendo... Sempre no fim do ano, eu mando uma foto dos meninos pra minha irmã, presente de Natal, é uma maneira de dizer que estamos bem, seguindo a nossa rotina, e ela também me envia seu retrato, mas não é a mesma coisa que ver uma pessoa de perto, vivendo, diante da gente, igual eu e você agora, principalmente uma pessoa que conhece o nosso livro sem precisar abrir, é uma coisa tão grande, é um milagre, não é? A vida é tão silenciosa, a gente nem percebe direito que está nela, pelo menos não o tempo todo, mas, se estamos atentos, se sentimos essa dor (sim, é uma dor, uma dor que dói aos poucos), aí descobrimos toda a sua intensidade... Outro dia mesmo eu peguei a última foto dela, minha irmã não se casou, é uma pena, merecia um homem bom, pra seguir com ela até o fim,

e olhando essa foto eu procurei naquela mulher
a menina que me ensinou a ler, e aí, como se tivesse
aberto uma represa, tudo voltou, e de repente ela
estava ali, e parecia que esses anos todos não tinham
se passado, e lá estava eu ao pé dela, feito um menino
à sombra de uma árvore, ela sempre antes de mim no
mundo, cuidando pra eu sofrer menos, pra aprender
logo, e eu recordei todos os dias que vivemos juntos,
num só instante, um instante que era como uma
enchente, e a sua imagem, como um punhado de areia,
ia escorregando pelos meus dedos, escorregando,
mas consegui reter um grão, e aquele grão era um
tesouro, e aí me deu vontade de dizer tudo o que
eu sentia por ela, essa vontade que só temos quando
estamos longe, e eu pensei, *Por que esperar mais?*
Daqui a pouco vou encontrar ela, com essa seca vai ser
difícil cruzar o rio, tem muitos bancos de areia,
às vezes, em alguns trechos, é preciso carregar a canoa
nos ombros até onde as águas voltam a ser profundas,

mas não importa com quantas barreiras eu vou me deparar, a maior eu já passei, quer dizer, quero só ver quando eu estiver diante da minha irmã, nós dois, frente a frente, depois de tantos anos, cheios de tempo em nosso corpo, lembranças em nosso olhar, histórias em nossas mãos... Pois eu vou dizer isso a ela, vou dizer tudo com um abraço, e aí vou ficar olhando pra ela como um pescador que mira as ondas, sabendo que pode ser a sua última saída ao mar, e aí vou esperar ela dizer o que sente por mim, usando outras palavras, *Senta aqui, vou coar um café, não repare a bagunça*, sem saber o que fazer com a sua felicidade (e eu com a minha). E eu vou entender tudo, vou entender o que cada um de seus gestos quer dizer — afinal, eu aprendi a ler com ela.

João Anzanello Carrascoza nasceu em Cravinhos (SP). É escritor, redator de propaganda e professor da Escola de Comunicações e Artes da Universidade de São Paulo (ECA-USP), onde fez mestrado e doutorado. Publicou os livros de contos *O vaso azul*, *Duas tardes*, *Dias raros*, *O volume do silêncio* e *Espinhos e alfinetes*, além de obras infantojuvenis. Algumas de suas histórias foram traduzidas para o inglês, o italiano, o sueco e o espanhol. Recebeu os prêmios Guimarães Rosa/Radio France Internationale e Jabuti, entre outros.

Edição
Adilson Miguel

Editora assistente
Fabiana Mioto

Preparação de texto
Ciça Caropreso

Revisão
Lilian Ribeiro de Oliveira

Edição de arte
Marisa Iniesta Martin

Capa e projeto gráfico
MÁQUINA ESTÚDIO

Diagramação
MÁQUINA ESTÚDIO

Foto da capa
Mark Power/Magnum Photos/Latinstock

editora scipione

Av. Otaviano Alves de Lima, 4 400
Freguesia do Ó
CEP 02909-900 – São Paulo – SP

ATENDIMENTO AO CLIENTE
Tel.: 4003-3061

www.scipione.com.br
e-mail: atendimento@scipione.com.br

2022

ISBN 978-85-262-8137-0 – AL
ISBN 978-85-262-8138-7 – PR

Cód. do livro CL: 737233

1.ª EDIÇÃO
6.ª impressão

Impressão e acabamento
Vox Gráfica

Dados Internacionais de Catalogação na Publicação (CIP)
(Câmara Brasileira do Livro, SP, Brasil)

Carrascoza, João Anzanello
A vida naquela hora / João Anzanello Carrascoza – São Paulo: Scipione, 2011. (Coleção Escrita contemporânea)
1. Contos brasileiros I. Título. II. Série.
11-00057 CDD-869.93

Índice para catálogo sistemático:
1. Contos: Literatura brasileira 869.93

Este livro foi composto em NexusSans, impresso em papel Pólen Bold 90g/m².